Analyse de l'œuvre

Par Natacha Cerf et René Henri

Cinquante nuances de Grey
La trilogie

d'E. L. James

lePetitLittéraire.fr

Rendez-vous sur lepetitlitteraire.fr et découvrez :

Plus de 1200 analyses
Claires et synthétiques
Téléchargeables en 30 secondes
À imprimer chez soi

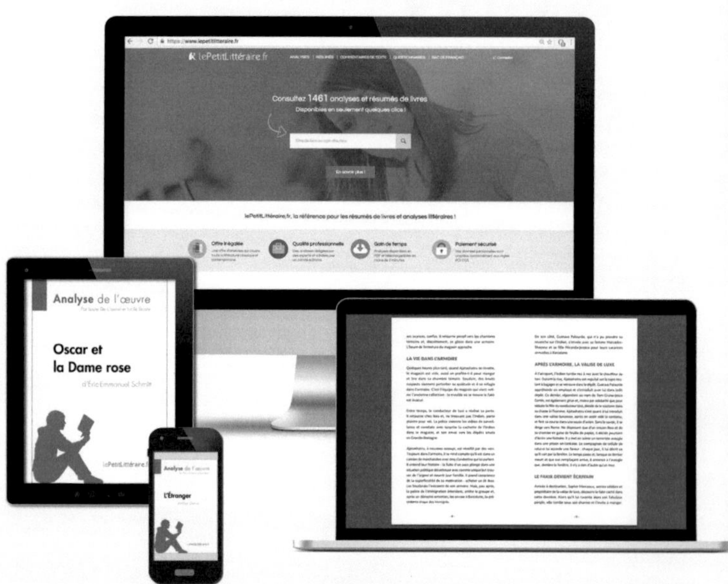

E.L. JAMES

AUTEURE BRITANNIQUE

- **Née en 1963 à Londres**
- **Quelques-unes de ses œuvres :**
  - *Cinquante nuances de Grey* (2011), roman
  - *Cinquante nuances plus sombres* (2011), roman
  - *Cinquante nuances plus claires* (2012), roman

Née à Londres en 1963, Erika Leonard est une auteure britannique, plus connue sous le pseudonyme d'E.L. James, révélée par la trilogie composée de *Cinquante nuances de Grey*, *Cinquante nuances plus sombres* et *Cinquante nuances plus claires*.

Initialement, l'auteure a autoédité sur Internet une *fanfiction* (récit écrit par des fans pour prolonger ou transformer un roman, un film ou tout autre produit médiatique qu'ils affectionnent) inspirée de la saga *Twilight* (2005-2010) de Stephenie Meyer. Par la suite, le récit a donné naissance au roman *Cinquante nuances de Grey*.

La presse qualifie la trilogie de *mummy porn* ou de littérature pornographique pour les « ménagères » de moins de cinquante ans. Le succès est tel qu'en 2012, le magazine *Time* a placé Erika Leonard dans sa liste annuelle des cent personnalités les plus influentes du monde.

CINQUANTE NUANCES DE GREY

UN CONTE DE FÉES MODERNE

- **Genre :** roman érotique
- **Éditions de référence :**
  - *Cinquante nuances de Grey*, traduit de l'anglais par Denyse Beaulieu, Paris, JC Lattès, 2012, 560 p.
  - *Cinquante nuances plus sombres*, traduit de l'anglais par Aurélie Tronchet, Paris, JC Lattès, 2013, 595 p.
  - *Cinquante nuances plus claires*, traduit de l'anglais par Aurélie Tronchet, Paris, JC Lattès, 2013, 595 p.

Anastasia Rose Steele, une étudiante en lettres, rencontre Christian Grey, un homme d'affaires richissime et particulièrement attirant. Le coup de foudre est immédiat, mais les séquelles psychologiques de Grey, dues à un passé difficile, jettent la jeune femme dans des questionnements douloureux. Le couple traverse de nombreuses épreuves imputables autant aux mauvaises fréquentations passées de Christian qu'à la recherche de compromis dans les besoins et les envies de chacun.

Vendu à plus de soixante-dix-millions d'exemplaires dans le monde, *Cinquante nuances de Grey* est élu fiction populaire de l'année en 2012 lors des National Book Awards. Une adaptation cinématographique de l'œuvre a vu le jour en 2015.

RÉSUMÉ

CINQUANTE NUANCES DE GREY

Anastasia Rose Steele, une jeune étudiante en lettres, interviewe Christian Grey, un magnat de l'industrie Grey Enterprises Holdings, pour le journal de l'université à l'occasion du discours qu'il doit tenir lors de la remise des diplômes. Au cours de leur discussion, Christian aborde la faim dans le monde et ses projets pour enrayer la pauvreté. Si Ana le prend au départ pour un manipulateur froid et prétentieux, elle prend conscience, par la suite, de sa philanthropie et comprend qu'il a connu la faim avant d'être adopté par les Grey, ce qui explique pourquoi son projet lui tient tant à cœur. Elle est troublée par cet homme qu'elle trouve à la fois arrogant et particulièrement attirant.

Christian est également sous le charme d'Ana et va même jusqu'à enquêter sur elle afin de la revoir. Ainsi, il se rend au magasin de bricolage Clayton's où il découvre qu'elle travaille après les cours. Il y apprend la déception de la meilleure amie d'Ana, Kate, la rédactrice en chef du journal des étudiants, de ne pas avoir de photos originales pour illustrer l'article. Pour pouvoir revoir Ana, Grey accepte une séance photo, puis invite la jeune femme à boire un verre. Quelques heures après leur rendez-vous, elle reçoit l'édition originale de *Tess d'Urberville* de Thomas Hardy (écrivain britannique, 1840-1928) qui vaut une fortune.

Pour fêter la réussite de sa dernière année d'université, Ana sort et boit quelques verres. Ivre, elle appelle Christian pour lui demander la raison de ce cadeau extravagant. Fâché et inquiet de son ébriété, il annonce avec autorité qu'il vient la chercher et la ramène chez lui. Le lendemain, en la raccompagnant chez elle, il l'embrasse. Le soir même, il l'emmène en hélicoptère dans son appartement à Seattle où il lui fait signer deux contrats, l'un consistant en un accord de confidentialité attenant aux affaires commerciales et privées de Grey, l'autre définissant les règles de leur relation. Celles-ci portent sur l'hygiène personnelle, l'hygiène de vie, le code vestimentaire, l'exigence de fidélité, etc. Par ailleurs, il lui montre sa salle de jeux qui contient un arsenal d'instruments et d'accessoires sadomasochistes : la soumission des femmes est son plaisir. Si elle veut être avec lui, elle doit donc accepter les termes de l'accord, c'est-à-dire répondre à tous ses ordres en permanence. Dans le contrat de leur union, il est écrit : « Le Dominant accepte la Soumise comme sa propriété, qu'il peut contrôler, dominer et discipliner pendant la durée du contrat. » (p. 122) Lors de leurs ébats, elle constate qu'il ne supporte pas qu'elle touche certaines parties de son torse où se trouvent des cicatrices.

Le matin, Christian la présente à sa mère venue lui rendre visite, ce qu'il n'a jamais fait auparavant. Il accorde d'ailleurs certaines exclusivités à Ana : elle est la première de ses soumises qu'il emmène dans son hélicoptère et avec laquelle il dort dans son lit.

Ana décide pourtant de partir quelques jours chez sa mère à Savannah afin de prendre du recul et de réfléchir à cette nouvelle relation. Trop de questions la hantent : l'aime-t-il simplement comme un jouet ? Pourquoi ne peut-elle le toucher ? Pourquoi veut-il lui faire mal ? Que signifient ses changements d'humeur intempestifs ? Elle aspire à plus de tendresse et à plus de légèreté.

À Savannah, ses réflexions sont interrompues par la venue surprise de Christian. Elle profite de cette occasion pour tenter d'en savoir plus à son sujet, mais il ne lui révèle que quelques bribes de son passé : il a été initié au sexe vers l'âge de quinze ans par une amie de sa mère, Elena Lincoln, qui le considérait comme sa chose. Après quoi, il a eu de nombreuses relations « dominant-soumise » et n'a donc jamais pratiqué le sexe de manière traditionnelle. Cependant, sans Elena, il aurait probablement fini comme sa mère, prostituée, droguée et suicidaire, car il avait des tendances à l'autodestruction. Se haïssant lui-même, il estime que la seule façon d'aimer réside dans la punition et dans la brutalité.

Jusqu'à présent, Ana appréciait les jeux sexuels de Christian. Mais, lorsqu'elle accepte qu'il fasse ce qu'il désire réellement, à condition qu'elle puisse le toucher, il la frappe si fort qu'elle conclut à l'impossibilité pour elle de tolérer une telle sexualité. L'expérience lui fait prendre la mesure de sa dépravation et de son incapacité à aimer et à être aimé. C'est pourquoi elle décide de le quitter. Tous deux en sont mortellement blessés, si bien qu'elle juge en définitive la douleur physique plus supportable que la détresse morale.

CINQUANTE NUANCES PLUS SOMBRES

Après une rupture très douloureuse, Christian et Ana décident de se remettre ensemble. Il lui assure qu'elle est importante pour lui parce qu'elle lui fait voir les choses autrement et lui donne l'espoir de s'en sortir. Il souhaite donc réellement vivre avec elle une histoire d'amour classique. Touchée, Ana lui déclare elle aussi sa flamme. La profondeur de leur nouvelle relation entraine le jeune homme à se confier davantage : il lui révèle que le proxénète de sa mère les battait tous les deux et qu'il est resté quatre jours, torturé par la faim, auprès du cadavre de sa génitrice qui s'était suicidée. Il lui reproche de ne pas l'avoir aimé car elle n'a jamais rien fait pour empêcher les coups que son proxénète lui portait, et prétend ne jamais l'avoir aimé en retour.

Peu de temps après, Christian rachète SIP, la maison d'édition dans laquelle Ana travaille comme stagiaire. Grâce à son nouveau statut, il peut désormais interférer dans la vie professionnelle de sa bienaimée comme bon lui semble. C'est précisément ce qui arrive lorsque Jack Hyde, le patron d'Ana, propose à la jeune femme de l'accompagner à New York pour le salon de la fiction et que Christian, au courant de la réputation de Jack en ce qui concerne son attitude envers ses assistantes, refuse catégoriquement et intervient pour qu'il s'y rende seul. Ana enrage qu'il interfère ainsi dans sa carrière. Cependant Christian a raison : Jack se montre beaucoup trop familier avec elle.

En colère, elle reproche à son amant de n'avoir aucun respect pour sa vie privée : il connait son numéro de compte, a racheté l'entreprise dans laquelle elle travaille pour la contrôler, possède un dossier sur elle comprenant toutes ses informations personnelles, etc.

Jack Hyde n'est pas dupe des manigances de Grey. En effet, il comprend très vite que ce dernier a annulé le voyage à

New York d'Ana et soupçonne d'autres de ses influences. Par conséquent, il devient de plus en plus agressif dans ses avances faites à Ana. Il finit par aller trop loin, la poussant à se défendre : elle lui donne un coup de genou et s'enfuit. Christian fait virer Jack sur-le-champ et nomme Ana à son poste.

Quelque temps plus tard, Leila, une ancienne soumise de Christian, se rend devant la société de la jeune femme pour voir ce qu'elle a de plus qu'elle. Leila espérait avoir une liaison amoureuse avec Christian, mais il l'a éconduite, ce qui l'a dévastée. Pour se venger, elle asperge de peinture la voiture d'Ana et crève ses pneus. Lorsque Christian l'apprend, il a tellement peur que Leila s'en prenne à Ana qu'il refuse qu'elle aille travailler sans qu'un membre de son personnel de sécurité ne l'escorte.

En rentrant à l'appartement, Ana tombe sur Leila, un révolver à la main. Cependant, le danger est vite écarté : Christian arrive quelques instants plus tard et prend un rôle de composition qui consiste à faire renaitre le dominant qu'il a été envers elle. Leila se rend aussitôt et Christian l'emmène dans un hôpital psychiatrique.

Ana, ayant été témoin du lien de dominant à soumise qui les unit, ne se sent pas capable d'apporter à son amant ce dont il a besoin et craint de ne pas lui suffire. Mais la manière dont elle expose ses peurs à Christian amène ce dernier à penser qu'elle compte le quitter parce qu'elle ne croit plus en leur couple. Au comble du désespoir, il tombe à genoux devant elle et adopte une attitude de soumis, celle qu'il avait probablement avec Elena. Ana est bouleversée de le voir dans la position du garçon abusé et négligé qui cultive la haine envers lui-même et se croit indigne d'amour. Tentant de le rassurer, elle lui explique qu'elle a peur qu'il se lasse d'elle et de leur relation. Elle ne comprend pas pourquoi il l'aime et craint, elle aussi, de le perdre. Christian lui assure qu'il désire seulement la protéger du danger et qu'il n'a aucune intention de reprendre sa relation avec Leila. Il lui semble que tout est différent avec Ana et tout ce qu'il désire est de l'épouser. Cette conversation intense l'entraine à lui demander de toucher les zones interdites de son torse. Il veut pouvoir tolérer ce contact à l'avenir.

Pour rassurer la jeune femme, Christian accepte qu'ils se rendent ensemble chez son psychiatre, le Dr Flynn. Celui-ci lui certifie que Christian a évolué plus que jamais depuis qu'il l'a rencontrée. Ses parents adoptifs, les Grey, très reconnaissants envers Ana, lui ont d'ailleurs fait part de ce changement : Christian est heureux et insouciant comme il ne l'a jamais été. L'amour qu'il lui porte est incontestable.

Un jour, alors que Christian est parti en hélicoptère, l'appareil est porté disparu, ce qui jette toute sa famille et Ana dans l'inquiétude et la tristesse la plus totale. Au grand soulagement de tous, il reparait plus tard dans la nuit : la queue de son hélicoptère avait pris feu. C'est Jack qui a trafiqué l'appareil pour venir à bout de Grey et, malgré l'échec de l'opération, il ne compte pas en rester là. Christian, étonné du comité d'accueil débordant de larmes et de soulagement qui le reçoit, ne peut plus nier l'amour que tous lui portent. Lors de sa soirée d'anniversaire, il annonce à tout le monde qu'il va épouser Ana. Elena, folle de jalousie, s'en prend à elle en aparté, mais Ana l'écrase de sa répartie et lui jette son verre à la figure. Christian, alerté, lui reproche de ne lui avoir jamais dit qu'elle l'aimait et de ne l'avoir pas pris une seule fois dans ses bras. Elena est alors sommée de quitter les lieux par la mère de Christian, Grace, qui la gifle au passage.

Christian se met à genoux dans le grenier, empli de fleurs et décoré de la manière la plus romantique qui soit, et sort une bague époustouflante pour sa demande officielle. Il annonce également à Ana qu'il a acheté la maison qu'ils avaient visi- tée, une demeure de plusieurs centaines de mètres carrés avec deux hectares de terrain et une vue somptueuse.

CINQUANTE NUANCES PLUS CLAIRES

Au retour de leur lune de miel, Christian veut offrir à Ana, en guise de cadeau de mariage, sa place à la tête de SIP, mais la jeune femme a du mal à s'imaginer diriger une maison d'édition en raison de son manque d'expérience.

Malgré leur union, de nombreuses disputes continuent d'éclater entre eux à cause du caractère possessif de Christian, de son obsession à vouloir tout contrôler, y compris elle-même, et de la manière qu'il a de la considérer comme l'un de ses avoirs. En effet, Christian souhaiterait que l'univers de son épouse se limite aux frontières du sien. Or elle tient à garder son indépendance. L'intention de Christian est cependant de la protéger comme il peut du danger qui les guette. En effet, un incendie criminel a été provoqué dans la salle des serveurs de Grey Enterprises Holdings et les caméras de surveillance ont identifié Jack

Hyde sur les lieux.

Quelque temps plus tard, Ana organise une soirée avec sa meilleure amie, Kate. Mais, au vu du contexte alarmant, Christian lui fait promettre qu'elles resteront à l'appartement. La jeune femme consent, mais les supplications de Kate la pousse à accepter de se rendre dans un bar pour boire des cocktails. En rentrant, Ana découvre la table du vestibule renversée, un vase éclaté et Jack Hyde gisant aux pieds du garde du corps : il avait l'intention d'enlever la jeune femme. Christian est absolument fou de rage qu'elle lui ait désobéi. Toutefois Ana lui tient tête : elle est une personne libre et non une soumise. Cela dit, elle sait que s'il tient tant à la protéger, c'est parce qu'il n'a pas réussi à le faire pour sa mère. Jack Hyde est arrêté et envoyé en détention provisoire pour la tentative d'enlèvement et l'incendie criminel, mais il est très vite relâché.

L'adversité s'acharne sur Ana : son beau-père, Ray, a un grave accident de voiture. Heureusement, après un long séjour à l'hôpital, il s'en sort indemne. Par ailleurs, les derniers évènements ont fait oublier à la jeune femme ses piqures contraceptives, si bien qu'elle se retrouve enceinte. Christian est au comble de la colère tant il ne se sent pas prêt à être père. Étant né d'une mère qui n'a pas su le protéger et lui témoigner de l'affection, il a peur d'être un mauvais parent à son tour.

Plus tard, Christian raconte enfin à Ana son histoire avec Elena Robinson. Il lui explique qu'il aurait fait n'importe quoi pour elle et que, de son côté, elle l'a également beaucoup aidé. En effet, c'est grâce à elle qu'il a pu arrêter de boire.

De plus, elle l'a poussé à se comporter convenablement à l'école : à arrêter de se bagarrer sans cesse et à réussir. Il l'a laissée le contrôler et prendre toutes les décisions à sa place car il était incapable de le faire à l'époque. L'image totalement négative qu'il a de lui-même lui a fait croire qu'il méritait d'être battu. Mais maintenant qu'il va devenir père, il prend conscience que ce qu'ils ont fait est mal.

Un jour, Ana reçoit un appel de Mia, la sœur de Christian, mais c'est Jack qui répond. Il l'a enlevée et menace de s'en prendre à elle si Ana ne lui procure pas cinq millions de dollars. Celle-ci se rend alors à la banque et charge l'argent dans la voiture indiquée par Hyde. Pendant l'opération, Jack la roue de coups, mais elle sort un révolver et lui tire une balle dans la jambe. Par chance, Christian retrouve sa femme par traçage GSM et arrive donc rapidement sur les lieux.

Jack est à nouveau arrêté, mais il parvient à sortir de préventive grâce à l'ex-mari d'Elena. Plusieurs années auparavant, ce dernier avait frappé sa femme lorsqu'il avait découvert sa relation avec Christian. Pour se venger, Christian envisage de le ruiner, en démantelant sa boite et en revendant ses parties aux plus offrants.

Peu à peu, l'histoire de Jack est révélée : le père de ce dernier est mort à la suite d'une bagarre dans un bar, sa mère était alcoolique et il est passé de foyer en foyer et d'ennuis judiciaires en ennuis judicaires jusqu'à ce qu'il parvienne à s'en sortir en réussissant de brillantes études et une carrière remarquable. Il a également une vie sexuelle assez dépravée. Dès lors, Christian croit lui ressembler, mais Ana le rassure en lui disant que leur seul point commun est d'avoir eu tous les deux une enfance difficile et d'être né à Détroit. Jack et Christian ont néanmoins vécu dans la même famille d'accueil, ce qui explique pourquoi Christian a retrouvé des informations sur sa famille dans l'ordinateur de Hyde. Il comprend alors que Jack éprouve de la haine envers lui car les Grey l'ont adopté lui alors qu'ils auraient pu le choisir pour l'adoption.

Quelques mois plus tard, Christian et Ana sont les heureux parents de Theodore. Un second heureux évènement se profile à l'horizon puisqu'elle est enceinte d'une petite fille, Phoebe. Christian, qui se sent mieux dans sa peau, se révèle être un très bon père. De son côté, Ana a repris SIP et a accru sa rentabilité en se diversifiant dans les ebooks. Tous deux s'aiment d'un amour infini et inconditionnel, et ont enfin pu instaurer dans leur couple un équilibre sain entre les envies de chacun.

ÉTUDE DES PERSONNAGES

CHRISTIAN GREY

Jeune homme aux yeux gris et au physique très avantageux, Christian est un homme d'affaires puissant à la tête de sa propre entreprise, Grey Enterprises Holdings, qui l'a rendu immensément riche. Celle-ci œuvre entre autres dans la résolution des problèmes de société. Passionné par les nouvelles technologies, Grey cherche à accroitre la productivité du tiers-monde par leur utilisation. Ainsi, même s'il refuse de le reconnaitre, c'est un homme bon, généreux et philanthrope.

Le jeune homme se dit rationnel : les décisions qu'il prend sont basées sur la logique et les faits. Il doit sa réussite à son flair, qui lui permet de s'entourer de bons collaborateurs qu'il dirige efficacement, et à son instinct pour développer des idées solides à fort potentiel. Il se présente lui-même comme un entrepreneur déterminé, individualiste et matérialiste. La richesse lui sied car c'est un consommateur compulsif. Cependant, son trait de caractère le plus marqué est son besoin de tout maitriser : c'est un véritable maniaque du contrôle. Ainsi, en surface, Grey parait prétentieux, arrogant, froid et tyrannique.

C'est également un homme mystérieux dont les humeurs ne cessent de changer. Il est insaisissable et imprévisible, ce qui lui donne un côté à la fois déroutant et exaspérant. En effet, il peut être chaleureux et la minute d'après glacial ; drôle et tendre, puis autoritaire, dominateur et fermé. Il est donc à la fois un romantique et un séducteur manipulateur.

Sa mère était une prostituée droguée et battue par son proxénète, violence qu'il a également subie. Celle-ci a fini par se suicider, sans que personne ne remarque sa disparition : c'est pourquoi il est resté quatre jours auprès de son cadavre. C'est l'urgentiste Grace Trevelyan Grey, qui était de garde quand Christian a été emmené à l'hôpital après ce drame, qui l'a recueilli. Son mari et elle l'ont adopté, mais il a dû traverser plusieurs familles d'accueil en attendant que les formalités administratives soient remplies. Lorsque les Grey ont déménagé à Seattle, ils ont adopté leur troisième enfant, Mia. C'est grâce à elle que Christian a recommencé à parler. Il a donc vécu une enfance difficile et en a gardé de nombreuses séquelles psychologiques.

Pendant son adolescence, il a commencé à se montrer violent et à boire en cachette. Vers l'âge de quinze ans, il a entamé une relation avec Elena Lincoln, une amie de sa mère. Celle-ci le dominait et le traitait comme un jouet sexuel, ce à quoi il consentait, ne pensant pas mériter un autre traitement. C'est donc elle qui l'a initié au sadomasochisme. Cette pratique sexuelle lui a appris à contrôler ses émotions et à canaliser sa colère. Il conserve de cette époque difficile une grande fragilité et des tendances à l'autodestruction. Il se hait et ne pense pas mériter l'amour que ses proches lui portent. Dès lors, Christian Grey se considère comme un sadique sexuel à la recherche de femmes brunes qui ressemblent à sa mère, dans le but de faire d'elles des soumises qui répondront à toutes ses envies et à tous ses besoins, exécutant ses moindres volontés.

Sa rencontre avec Ana améliore cependant sa santé mentale. Il devient alors capable de recevoir et de donner de l'amour.

ANASTASIA ROSE STEELE

Ana est une jeune étudiante en littérature anglaise mystérieuse et secrète. Elle se confie difficilement et manque cruellement de confiance en elle. Son père est décédé le lendemain de sa naissance dans un accident alors qu'il s'entrainait pour la marine. C'est le second mari de sa mère, Ray Steele, qu'elle considère comme son vrai père, qui l'a élevée. Elle est un peu garçon manqué et n'a pas les mêmes passetemps que les jeunes femmes de son âge, peut-être en raison des liens forts qui l'unissent à son beau-père, qui lui a enseigné des hobbys masculins tels que l'autodéfense, le tir et le bricolage.

Avant sa rencontre avec Christian Grey, Ana n'avait jamais été attirée par un homme, ce qu'elle met sur le compte de ses lectures romanesques qui hissent trop haut ses idéaux en matière de sentiments. De plus, elle pense avoir beaucoup de défauts et doute beaucoup d'elle-même, ce qui la place en dehors des jeux de séduction.

C'est une jeune femme simple et innocente. Relativement timide, elle cède quand Christian attend d'elle qu'elle soit une femme soumise bien qu'elle se prétende indépendante et libre. En effet, elle est tellement ouverte aux compromis qu'elle en devient docile. Dotée de self-control, Ana peut cependant se montrer forte : elle traverse les épreuves difficiles sans trop en pâtir. Avec Christian, elle s'avère patiente, présente, tolérante et ouverte d'esprit. Bienveillante, elle désire son bonheur et œuvre en ce sens, même si cela nécessite des sacrifices. Gentille et douce, elle est grandement appréciée par ses proches.

KATE KAVANAGH

Kate est issue d'une famille aisée. Son père est le fondateur de Media Kavanagh. Rédactrice en chef du journal des étudiants, elle aspire à devenir journaliste. Après ses études brillamment réussies, elle décroche un stage au *Seattle Times*.

Colocataires pendant quatre ans, Kate et Ana sont devenues meilleures amies. Kate semble pourtant être l'exact opposé d'Ana puisque, contrairement à elle, la jeune journaliste aime sortir et est très sociable. Alors qu'Ana redoute les séances de shopping, Kate les apprécie particulièrement : elle se sait féminine et séduisante, et apprécie donc de se mettre en valeur. Tandis qu'Ana n'a que peu de confiance en elle, Kate est une jeune femme vive, extravertie et sure d'elle. Sa beauté l'a amenée à séduire de nombreux hommes, et à perdre sa virginité jeune alors qu'Ana était encore vierge avant sa relation avec Christian. Elle possède donc beaucoup d'expérience, mais elle ne tombe véritablement amoureuse qu'au moment de rencontrer Elliot, le frère de Christian, avec qui elle se marie et a une fille, Ava.

Kate a de nombreuses qualités : drôle et intelligente, elle possède un caractère fort, tenace et volontaire la poussant à réussir tout ce qu'elle entreprend. Elle a cependant comme défaut d'être curieuse et fouineuse. Elle ne se gêne pas pour poser des questions personnelles et intimes, et n'a que peu de respect pour le caractère privé de la vie des personnes qui l'entourent. Toutefois, elle est altruiste et se montre protectrice envers Ana qu'elle est toujours disposée à aider et à soutenir. Intuitive, elle comprend que la relation entre son amie et Christian est difficile et sent qu'il lui fait du mal. Franche, elle n'hésite pas à dire ce qu'elle pense et à s'opposer à Christian, contrairement aux autres femmes qui font toujours profil bas face à lui. Néanmoins, elle est heureuse du bonheur d'Ana lorsque sa relation devient plus conventionnelle.

ELENA LINCOLN

Amie de longue date de Christian Grey, Elena Lincoln est également une de ses collaboratrices. De caractère fort, c'est une femme d'affaires compétente qui sait ce qu'elle veut. C'est elle qui lui a donné les premiers fonds pour la création de son entreprise et qui dirige certains salons de beauté dont il est le propriétaire. Toujours vêtue de noir, c'est une femme sexy et élégante qui ne laisse aucun homme indifférent. Ana la surnomme Mrs Robinson en référence au film *Le Lauréat* (1967).

Sa relation avec Christian commence alors qu'il est âgé de quinze ans et dure six ans. Christian prétend que cette histoire lui a été bénéfique et thérapeutique dans le sens où sa soumission à Elena lui a permis de canaliser son énergie et de se concentrer sur ses études. Mais Ana ne l'accepte pas puisqu'elle qualifie Elena de « pédophile » et ne voit en elle qu'une dame plus âgée qui a abusé de la détresse d'un adolescent mal dans sa peau.

Elena est une femme intelligente, manipulatrice et machiavélique. Particulièrement jalouse de la relation de Christian avec Ana, elle intervient régulièrement en vue de briser leur couple.

Elle prétend que l'amour ne concerne que les imbéciles. Par conséquent, elle n'entretient que des relations sadomasochistes. Il y a de la froideur, de l'intransigeance et de l'insensibilité en elle. Dès que Christian se rend compte des dégâts psychologiques qu'elle a provoqués chez lui, il souhaite mettre un terme à leur relation d'amitié et d'affaire, ce à quoi elle consent. Elle constitue pour lui un obstacle à la qualité de sa paternité future. Elena est un personnage à la fois nocif et bienveillant envers Christian car elle en est certainement amoureuse bien qu'elle prétende trouver ce sentiment idiot.

GRACE TREVELYAN GREY

Mère adoptive de Christian, d'Elliot et de Mia, Grace est mariée à Carrick Grey, un avocat et homme d'affaires brillant, avec qui elle réside à Washington. Elle est médecin. C'est une femme douce, aimante et présente pour ses proches. Elle accueille Ana dans la famille avec beaucoup de cordialité et lui est infiniment reconnaissante de rendre son fils heureux, elle qui a tout tenté pour lui donner le sourire après les épreuves tragiques qu'il a traversées. Christian tient énormément à elle et la considère comme sa sauveuse.

ELLIOT GREY

Né à Détroit puis adopté par Grace et Carrick, Elliot est le frère ainé de Christian. Au début, ils ne s'entendent pas et se méfient l'un de l'autre, mais leur relation s'améliore au fil du temps.

Elliot est un jeune homme au physique très avantageux, ce dont il a beaucoup profité avant de rencontrer Kate puisqu'il a eu de nombreuses relations sans lendemain. Avant son mariage, c'était un collectionneur de femmes, un homme un peu léger et superficiel. Il apparait comme un personnage très sympathique qui ne se prend pas la tête, aime rire, faire la fête et taquiner ses proches. Il est également tendre et affectueux : lorsqu'il rencontre Kate alors qu'il accompagne Christian venu chercher Ana ivre à sa soirée de réussite universitaire, il ne la quitte plus et se consacre entièrement à elle en homme fidèle.

MIA GREY

Mia est la dernière enfant adoptée par les Grey. C'est une jeune femme extravertie, épanouie et accomplie. Elle est pétillante et énergique. Mia parle couramment le français parce qu'elle est allée étudier la cuisine à Paris. Elle joue du violoncelle et aime beaucoup sortir. C'est grâce à elle et à son enthousiasme que Christian a recommencé à parler et a repris gout à la vie.

JASON TAYLOR

Ancien militaire, Taylor est le garde du corps de Christian. Il est à la tête de son équipe de sécurité et est la personne en qui Christian a le plus confiance. C'est un homme très professionnel sur lequel il est véritablement possible de compter. Discret et taciturne, Taylor est cependant très humain et aimable. Il a reçu une excellente éducation. Ana prétend qu'il a des airs d'homme de la Renaissance à cause de son amour pour la musique classique et de ses lectures de Burgess Anthony (écrivain britannique, 1917-1993).

CLÉS DE LECTURE

LE SYMBOLE DE LA SAINTE VIERGE

Au début du roman, le personnage d'Anastasia Steele incarne l'icône de la Vierge Marie. En effet, elle revêt plusieurs caractéristiques généralement associée à l'image de la vierge innocente :

- elle est timide et effacée ;
- elle ne s'intéresse pas aux hommes et ne ressent aucun besoin d'avoir un compagnon ;
- elle ne boit pas et ne sort quasiment jamais en boite ni dans des soirées décadentes ;
- elle masque sa féminité ;
- elle est vierge et ignore tout de la sexualité.

En somme, Anastasia reste de glace face à tout ce qui concerne les désirs et l'érotisme. Sa chasteté est telle qu'elle ne reconnait même pas le désir lorsqu'il la submerge au cours de ses rencontres avec Christian Grey. Elle dit ne pas comprendre ce qu'il lui arrive.

C'est après sa première nuit chez Christian qu'Ana, éveillée à la sensualité, découvre l'onanisme (la masturbation) dans sa douche :

> « L'eau chaude me réconforte. Mm... Je pourrais rester dans cette douche, dans cette salle de bains, à jamais. Je m'enduis de son gel douche de la tête aux pieds, en fantasmant que c'est lui qui fait mousser ce savon au parfum divin sur mon corps, mes seins, mon ventre, entre mes cuisses, avec ses

Bien qu'elle ressente pour la première fois le désir, sa pureté n'en est que peu affectée dans la mesure où le lecteur, au vu des points de suspension, peut ressentir une certaine hésitation dans le chef d'Ana à reconnaitre et à ressentir véritablement le plaisir. Ana continue donc d'être dépeinte comme une femme très jeune et candide, ce qui se traduit par plusieurs détails :

- elle se coiffe souvent en couettes ;
- Grey ne cesse de l'appeler « bébé » et la traite parfois de « vilaine petite fille » ;
- elle ne connait pas le monde professionnel adulte puisqu'elle travaille non seulement en tant qu'étudiante mais en plus dans un magasin de bricolage qui appartient à son oncle.

C'est au contact de Grey qu'Anastasia se transforme radicalement et perd son ignorance au profit d'un désir devenu insatiable, se distanciant ainsi du symbole de la Sainte Vierge. Cependant, elle reste un personnage effacé très peu décrit qui ne parle que peu d'elle. Le lecteur ne connait de son physique que ce que Christian Grey veut bien en dire lors de leurs ébats, à savoir peu de choses en dehors des clichés qu'inspire l'érotisme (beaux seins, belles jambes, belles fesses).

Quant à son travail, ses études et ses passions, ils ne sont qu'effleurés. Ainsi, l'auteure donne peu de détails sur la psychologie d'Ana qui reste dès lors un personnage transparent et naïf, à la personnalité creuse.

LA THÉMATIQUE DE LA SOUMISSION

Le caractère effacé d'Ana la mène à l'inévitable : sa soumission totale à Christian Grey. Elle prend d'ailleurs conscience qu'elle devient un objet sexuel, « un réceptacle, une coupe vide qu'il remplit à sa guise » (*Cinquante nuances de Grey*, p. 141). Néanmoins, avant sa dépendance sexuelle à Grey, Ana présentait déjà des tendances à la soumission. En effet, elle a pour colocataire et meilleure amie Kate Kavanagh, une maniaque du contrôle à la personnalité bien plus forte et extravertie que la sienne. Kate prend ainsi régulièrement l'ascendant sur Ana qui accepte, par exemple, à contrecœur de faire l'interview de Grey à sa place. Elle n'ose probablement pas refuser ou semble penser qu'elle n'a d'autre choix que de s'exécuter. Les personnalités soumises manquent en général de confiance en elles et sont rongées par un sentiment d'infériorité par rapport à leur entourage. C'est le cas d'Ana qui ne cesse d'envier et de complimenter Kate sur sa beauté, son charisme et son intelligence.

Du reste, elle se montre souvent incapable de prendre la moindre décision, même dans les domaines les plus futiles. Par exemple, au restaurant, lorsque Grey décide du menu à sa place, elle se dit soulagée de ne pas avoir à choisir sa commande.

Par conséquent, Ana est présentée comme un personnage qui manque cruellement de confiance en elle, au point de devoir s'entourer de personnalités dominantes prêtes à prendre toutes les décisions à sa place afin d'éviter de mener elle-même sa vie. Irresponsable et malléable à souhait, il n'y a rien d'étonnant à ce qu'elle se soit prise au jeu de la domination de Grey. Christian la possède d'autant plus qu'elle est inexpérimentée, ce qu'il ne manque jamais de lui rappeler : « Je vous suis reconnaissant de votre inexpérience. Elle m'est précieuse. [...] En un mot... elle signifie que vous êtes à moi, sur tous les plans. » (*Cinquante nuances de Grey*, p. 204)

Cela renforce l'archétype de la femme-objet qui, délestée de sa virginité, devient l'acquisition de l'homme et se doit donc d'être disponible à tout moment pour réaliser ses désirs. Ana en a conscience puisqu'elle éprouve parfois l'impression de n'être qu'une transaction financière. Elle se compare même à une entreprise en associant leur relation à « une opération de fusion-acquisition » (*Cinquante nuances de Grey*, p. 161). En outre, si Christian aime tant la violenter, c'est bien pour imprimer sur son corps les marques de son propriétaire : « J'aime bien que tu aies mal. Ça te rappelle que je suis passé par là, moi et personne d'autre. » (*Cinquante nuances de Grey*, p. 257) Bien qu'Anastasia ait été quelques fois en proie à de faibles révoltes contre cette manière que Grey a de la malmener, elle y prend au final beaucoup de plaisir et ces jeux semblent lui convenir, la dépossession de son être ayant été grandement facilitée par son vide originel. L'ampleur de sa soumission à Grey transparait dans le roman à plusieurs reprises :

- elle ne cesse de lui dire « s'il te plaît » (pour demander la permission d'aller aux toilettes ou de quitter les lieux, de ne pas la battre, etc.) ;
- elle répond au doigt et à l'œil à toutes ses demandes ;

- elle se sent comme une prostituée, et cette idée est d'ailleurs renforcée par les cadeaux innombrables et luxueux que Christian lui offre et qui sont semblables à ceux qu'un client offrirait à son escorte (restaurant et hôtel luxueux, robe de soirée et lingerie) ;
- elle reconnait, à la fin du tome I, préférer se faire battre sauvagement plutôt que de perdre Christian.

LA DYNAMIQUE DU PRINCE CHARMANT

Ivre de romans sentimentaux et baignée de contes de fées, Ana a développé des idéaux amoureux inatteignables. Elle en a cependant conscience :

> « Parfois, je me demande si je n'ai pas quelque chose qui cloche. À force de fréquenter des héros de roman, je me suis peut-être forgée des attentes et des idéaux trop élevés. Reste que je n'ai jamais été remuée par un homme. » (*Cinquante nuances de Grey*, p. 17-18)

L'héroïne ne veut dès lors renoncer à sa virginité que pour un idéal. Ainsi, l'engagement dans une vie de couple ne devient envisageable que lorsqu'elle rencontre Christian Grey, parangon du prince charmant.

C'est un personnage irréaliste qui relève purement du fantasme : il est d'une beauté telle qu'aucune femme ne s'adresse à lui sans bégayer et sans rougir. En somme, il est radicalement irrésistible. Il est en outre extrêmement riche : Grey est un homme ambitieux qui a tout fait pour réussir et qui y est parvenu. Son intelligence en gestion et en management est incontestable. De plus, il a le cœur sur la main puisque son entreprise vise à enrayer la faim dans le monde. Par conséquent, il incarne l'homme idéal pour la femme lambda : beau, riche et généreux. Quant à ses tourments personnels, ils ne font qu'ajouter à sa perfection puisqu'ils lui confèrent un côté mauvais garçon très à la mode, et qu'ils suscitent l'envie de materner l'homme meurtri que la femme stéréotypée a bien l'intention de soigner et de changer.

Par ailleurs, la thématique du conte de fée transparait tout au long de leur histoire : à la fin de la trilogie, Anastasia et Christian vivent heureux et amoureux dans une immense maison située dans un cadre idyllique, entourés de leurs amis et de leur famille. Ils sont les fiers parents de deux enfants, un garçon et une fille. Leur vie professionnelle relève également du rêve puisque Christian est toujours PDG alors qu'Anastasia l'est également devenue, grâce à lui.

En somme, les romans d'E.L. James revisitent tous les lieux communs présents dans les contes de notre enfance en y apportant une touche d'érotisme. Il est donc possible de faire une analogie entre les protagonistes de *Cinquante nuances de Grey* et les héros de certains contes ou mythes comme, par exemple :

- ***La Belle et la Bête***. Anastasia se retrouve captive du monstre pervers qu'est Christian Grey. Au début, elle lui résiste vaguement, mais elle finit par tomber totalement sous son charme. Une fois amoureuse, Ana prend conscience que Christian, au-delà de sa monstruosité perverse, est un prince sensible et généreux, tout comme la Belle a succombé au charme et aux cadeaux de la Bête, finissant par accepter sa demande en mariage. C'est alors que le monstre s'est transformé en prince ;

- **Cendrillon**. Cendrillon se laisse maltraiter par une marâtre et ses demi-sœurs sans jamais se révolter et se contente d'attendre qu'un fait extérieur la sorte de sa misère. À cette fin, elle est aidée par un évènement fortuit : l'organisation d'un bal par le roi qui cherche une épouse pour son fils. Sa marraine la fée se sert alors de ses pouvoirs magiques pour lui créer une robe magnifique et un carrosse afin qu'elle puisse s'y rendre. Ainsi, Cendrillon est une jeune femme qui attend que sa vie soit transformée par un quidam. Anastasia est aisément reconnaissable dans ce portrait, elle qui ne s'entoure que de gens capables de lui dire quoi faire et qui cherche un prince pour tromper son insignifiance ;
- **Grisélidis**. Riche, beau et puissant, un prince a trouvé en la bergère Grisélidis sa femme idéale, « sans orgueil et sans vanité/ D'une obéissance achevée,/ D'une patience éprouvée,/ Et qui n'ait point de volonté ». Ce n'est pas sans nous rappeler le prince Christian ayant jeté son dévolu sur l'innocente Anastasia.

Le roman rappelle aussi un épisode biblique, celui d'Adam et Ève. En effet, Ève a été façonnée par Dieu à partir d'une côte d'Adam, puis elle mangea le fruit défendu et en donna un morceau à Adam. La colère de Dieu la condamna alors à être avide de son homme et à lui être soumise : « Vous serez sous la puissance de votre mari, et il vous dominera. » (Genèse, 3, 16)

UNE ŒUVRE LARGEMENT CRITIQUÉE

Malgré l'immense succès rencontré par les romans auprès des lectrices partout dans le monde, la presse francophone n'a pas été tendre avec l'œuvre érotique d'Erika Leonard :

> « Bien que la traductrice dise avoir élagué les grossièretés du texte original, "Bordel de merde" et "Putain" ponctuent régulièrement les paragraphes du roman. On relève aussi nombre de "Oh la vache" et de "Waouh"... » (*Le Figaro*)

> « Pour couronner le tout, le manque de recherches en matière de BDSM [acronyme de bondage et discipline, domination et soumission, sadomasochisme] est manifeste, et la vision de la sexualité qui y est donnée est fausse. » (*L'Express*)

> « [...] *Fifty Shades of Grey* ne ferait pas rougir un lecteur d'*Histoire d'O* [roman érotique de Pauline Réage, 1954], encore moins frémir un adepte de Sade [écrivain français, 1740-1814]. L'intrigue ? La soumission sexuelle à laquelle se prête Anastasia Steele. Cette étudiante en littérature, toujours vierge à 21 ans, succombe au charme d'un milliardaire nommé Christian Grey, esthète raffiné, excellent pianiste, qui n'oublie pas de livrer des sacs de riz au Darfour (si, si !). Avec lui, elle connaît deux orgasmes dès ses premiers ébats. Mieux, elle jouit dès qu'il la touche. » (*Le Monde*)

Ainsi, de nombreuses critiques ont été émises à l'encontre du bestseller. Elles portent principalement sur :

- **les scènes de sexe totalement irréalistes**. Anastasia Steele est une jeune femme de 21 ans, vierge, naïve et innocente. Or, lors de son premier rapport sexuel avec

Christian Grey, elle découvre l'orgasme avec une facilité déconcertante, ce qui, pour une jeune femme inexpérimentée, qui n'est même jamais partie à la recherche de son propre plaisir, relève quasiment de l'impossible. Il en va de même pour les scènes sexuelles suivantes : systématiquement, Anastasia atteint un orgasme d'une intensité rare en moins d'une minute et souvent sur simple demande de son amant. De plus, ils jouissent régulièrement de manière simultanée. S'il va de soi que ces descriptions relèvent du fantasme, l'abus d'irréalisme rend les scènes peu crédibles. Certains ont associé la trilogie à un manuel d'éducation sexuelle moderne. Pourtant, dans la réalité, rien ou presque ne se déroule de la sorte et le prétendre risque de complexer de nombreuses lectrices ;

- **l'écriture simple**. Le style et le vocabulaire employés sont simples, voire pauvres. Les répétitions sont nombreuses et l'auteure a souvent recours à des formules familières. Ainsi, il n'y a aucune recherche d'une écriture plus travaillée, plus littéraire ;

- **les nombreux clichés**. L'histoire est celle de la princesse et du prince charmant, ce qui donne aux romans des allures de conte de fées moderne. Anastasia, une jeune femme timide, maladroite et innocente rencontre Christian Grey, un homme riche, puissant, beau et intelligent. Celui-ci la délivre du donjon de sa virginité et, suite à de nombreuses péripéties, ils se marient et vivent heureux, tout en ayant des enfants. C'est ainsi que l'auteure expose un archétype de la femme et de l'homme souvent utilisé. Cependant, quelques éléments sont mis en place afin de colorer ces clichés : Anastasia aime la fessée, certes mais l'érotisme du livre est assez chaste et réservé (les parties intimes de la jeune femme ne sont, par exemple, jamais nommées). Par ailleurs, l'auteure essaie de nous faire croire que c'est en réalité Anastasia qui est forte de caractère alors que Christian est fragile en raison des traumatismes de son enfance. Il reste qu'elle lui obéit au doigt et à l'œil même si elle émet parfois des velléités de révolte.

Ajoutons que l'auteure greffe à l'histoire d'amour quelques intrigues policières très en vogue dans les romans populaires puisque Jack Hyde veut se venger de Christian alors que ses ex-soumises, ivres de jalousie, s'en prennent à Ana. Seulement, le lecteur devine assez rapidement le dénouement de ces intrigues, même si tout est fait pour entretenir le suspense et retarder l'épilogue.

LE *MUMMY PORN* ET LES RAISONS DU SUCCÈS

Dès lors, comment expliquer la raison du succès de la trilogie ? Pour trouver des pistes de réponses, il faut chercher du côté du roman érotique et du roman sentimental, domaines par excellence des éditions Harlequin (maison d'édition canadienne fondée en 1949).

Véritable phénomène aux États-Unis, la trilogie d'E.L. James a donné naissance à un nouveau genre, le *mummy porn*. Il désigne un roman érotique qui allie la romance sentimentale à des scènes à caractère sexuel, voire sadomasochiste. En somme, c'est une alliance entre les romans à l'eau de rose et la littérature érotique.

Plusieurs causes peuvent expliquer le succès du genre :

- en Amérique, l'éducation sexuelle est rigide. En témoigne le retrait des romans, jugés pornographiques, des bibliothèques du Wisconsin, de Géorgie et de Floride. Les scènes sexuelles qui y sont décrites ne contiennent pourtant que très peu de mots choquants. Ce puritanisme engendre la pudeur des femmes américaines souvent très conservatrices en la matière. L'œuvre d'E.L. James leur a donc permis d'avoir accès à une autre vision du sexe et à la description de pratiques qui pourraient inspirer leur propre sexualité. *Cinquante nuances de Grey* a ainsi réveillé la curiosité sexuelle des Américaines, ce qui est moins vrai en Europe où la littérature érotique est démocratisée depuis longtemps ;
- le format numérique du bestseller a rendu possible son achat en toute discrétion puisqu'il est possible de le télécharger chez soi, sans avoir à affronter l'œil amusé des caissiers. Il en va de même pour sa lecture : le lire dans les transports en commun ne provoque aucune gêne. Ainsi, le numérique a grandement contribué à sa large distribution ;
- la littérature érotique aurait un réel effet sur le désir sexuel féminin. En effet, elle permettrait à la femme de s'aménager un espace temporel pour se focaliser sur le sexe et sur son désir. De plus, la grande part de non-dits dans la romance érotique invite à coécrire les scénarios et stimule l'imaginaire ;
- le *mummy porn* témoignerait également d'une avancée supplémentaire dans la révolution sexuelle des femmes par la reconnaissance de leurs pulsions qui ne s'expri-

meraient plus seulement dans une forme de sexualité conventionnelle, mais également dans des fantasmes jusqu'alors réservés aux hommes.

L'auteure est cependant en désaccord avec le terme *mummy porn* choisi par les journalistes. Elle trouve l'expression déplaisante, misogyne et péjorative envers les mères, soupçonnées de ne rien connaitre au sexe. De plus, ses livres contiennent selon elle avant tout une histoire d'amour. Elle ne souhaite donc pas qu'ils soient rattachés à la pornographie.

Par conséquent, si *Cinquante nuances de Grey*, *Cinquante nuances plus sombres* et *Cinquante nuances plus claires* sont des romans sentimentaux, les clés de leur succès sont les mêmes que celles des romans à l'eau de rose :

- la trilogie permet l'identification de la lectrice, dont la vie amoureuse est souvent imparfaite, à l'héroïne qui vit une romance idéale. Cela l'aide à continuer à y croire et à fantasmer. Le roman sentimental est en effet une échappatoire qui vend du rêve : il se montre optimiste concernant l'amour ;
- les happy ends offrent à la lectrice la possibilité de s'évader de son quotidien difficile et d'évacuer ses tensions. Les stéréotypes jouent le même rôle : ils rassurent et apaisent les frustrations. Ainsi, la lecture de ces romans est un moment de pure détente ;
- la réitération d'un schéma convenu (les protagonistes se rencontrent et tombent amoureux bien qu'ils soient différents l'un de l'autre – pour des raisons sociales ou de personnalité – ; cet antagonisme leur fait rencontrer de

nombreuses difficultés et de multiples obstacles, mais leur amour triomphe toujours) provoque l'addiction du lectorat féminin.

Par ailleurs, l'arrangement markéting bien pensé est également à l'origine de ce succès retentissant. En effet, les couvertures de la trilogie (une cravate, un masque et des menottes) laissent penser que les livres regorgent d'un érotisme passionné. Tout comme les quatrièmes de couverture – qui comportent les mots : « *passionate love affair* » (« histoire d'amour passionnante »), « *liberating* » (« libérateur ») ou encore « *This is a novel that will obsess you, possess you* » (« Ce roman va vous obséder, vous posséder ») – supposent une intrigue amoureuse torride qui laisserait songeur. Pourtant, il faut attendre la page 111 du premier tome pour découvrir la première scène de sexe. Mais *Cinquante nuances de Grey* crée l'illusion pour appâter les lecteurs friands de ce genre de littérature.

Enfin, l'effet bestseller joue d'autant plus dans l'explosion des ventes que la trilogie est inspirée de la série *Twilight* de Stephenie Meyer. Le lancement de l'œuvre a en outre d'emblée été accompagnée d'une bande originale qui est une compilation des morceaux de musique classique préférés de Christian. De plus, la romancière a travaillé avec un fabricant de sex-toys en vue de commercialiser des accessoires érotiques à l'image de ceux présents dans ses livres, et s'est offerte une adaptation cinématographique de son œuvre : la machine commerciale déployée autour de la trilogie conforte donc son succès.

DANS LA PEAU DE CHRISTIAN

L'engouement du lectorat est tel qu'un *spin off* de la trilogie, qui s'est écoulée à plus de 125 millions d'exemplaires à travers le monde, a été publié en 2015. Répondant à une demande formulée par les fans désireux de connaitre les sentiments de Christian, E.L. James a accepté de rédiger l'histoire du sulfureux couple en se focalisant sur le point de vue de Christian et sur ses sentiments. Si l'idée peut paraitre intéressante, le livre intitulé *Grey. Cinquante nuances de Grey par Christian* a très vite fait l'objet de virulentes critiques. Car au lieu de faire découvrir de nouveaux aspects de leur relation ou d'évoquer tout simplement de nouveaux épisodes de leur vie de couple, l'auteure a réalisé de nombreuses redites par rapport au premier tome de la série originale.

Le ton y est cependant différent. On est en effet bien loin du romantisme et de la candeur de la jeune Anastasia partie à la découverte de son corps et de ses premiers désirs sexuels. Christian, qui a perdu sa virginité à l'âge de quinze ans dans les bras d'une femme expérimentée qui lui a appris à se montrer dominant, possède une vision des choses plus directe. Il n'est dès lors plus question de contes de fées ni d'amour chevaleresque, mais bien de possession, d'asservissement. Le vocabulaire est à l'image de cette métamorphose : les termes sont plus vulgaires, plus crus, ce qui pourrait déplaire à certaines lectrices.

Elles pourront toutefois découvrir certaines facettes sombres de Christian puisque les cauchemars qui le maintiennent éveillé pendant la nuit et qui ont des répercussions sur ses relations avec Ana sont dévoilés. Mais, une fois le masque tombé, le personnage prend une autre dimension dans l'esprit des lectrices. Alors que beaucoup se le représentaient comme une sorte de prince charmant des années deux-mille, elles découvrent une personnalité souvent misogyne, bien moins plaisante que ce qu'Ana laissait penser...

PISTES DE RÉFLEXION

QUELQUES QUESTIONS POUR APPROFONDIR SA RÉFLEXION...

- Quel est le champ lexical dominant dans la trilogie ? Que peut-on dire du vocabulaire ? De quel type de langage s'agit-il ?
- Quel lien peut-on établir entre le genre auquel appartient *Cinquante nuances de Grey* et le vocabulaire utilisé par l'auteure ?
- Relevez tous les stéréotypes présents dans le roman et expliquez leur attrait pour le lecteur.
- Quelles images de l'homme et de la femme présentent les romans ?
- Quels sont les points communs entre les livres d'E.L. James et les romans des éditions Harlequin ?
- Qu'y a-t-il de commun entre la trilogie et les contes de fées ?
- Que pensez-vous de l'appellation *mummy porn* utilisée dans la presse ?
- La trilogie d'E.L. James incarne le rêve américain. Pourquoi ?
- Comment expliquez-vous le succès de la trilogie ?

Votre avis nous intéresse !
Laissez un commentaire sur le site de votre librairie en ligne
et partagez vos coups de cœur sur les réseaux sociaux !

POUR ALLER PLUS LOIN

ÉDITIONS DE RÉFÉRENCE

- JAMES E.L., *Cinquante nuances de Grey*, Paris, JC Lattès, 2012.
- JAMES E.L., *Cinquante nuances plus sombres*, Paris, JC Lattès, 2013.
- JAMES E.L., *Cinquante nuances plus claires*, Paris, JC Lattès, 2013.

ÉTUDE DE RÉFÉRENCE

- HOUEL A., *Le roman d'amour et sa lectrice*, Paris, L'Harmattan, coll. « Bibliothèque du féminisme », 1997.

SUR LEPETITLITTÉRAIRE.FR

- Fiche de lecture de *Grey. Cinquante nuances de Grey par Christian d'E.L. James.*

ISBN version numérique : 978-2-8062-5208-1
ISBN version papier : 978-2-8062-5390-3
Dépôt légal : D/2013/12603/590

Avec la collaboration de René Henri pour le chapitre « Dans la peau de Christian ».

Conception numérique : Primento,
le partenaire numérique des éditeurs.

Ce titre a été réalisé avec le soutien de la Fédération Wallonie-Bruxelles, Service général des Lettres et du Livre.

Retrouvez notre offre complète sur lePetitLittéraire.fr

- des fiches de lectures
- des commentaires littéraires
- des questionnaires de lecture
- des résumés

ANOUILH
- Antigone

AUSTEN
- Orgueil et Préjugés

BALZAC
- Eugénie Grandet
- Le Père Goriot
- Illusions perdues

BARJAVEL
- La Nuit des temps

BEAUMARCHAIS
- Le Mariage de Figaro

BECKETT
- En attendant Godot

BRETON
- Nadja

CAMUS
- La Peste
- Les Justes
- L'Étranger

CARRÈRE
- Limonov

CÉLINE
- Voyage au bout de la nuit

CERVANTÈS
- Don Quichotte de la Manche

CHATEAUBRIAND
- Mémoires d'outre-tombe

CHODERLOS DE LACLOS
- Les Liaisons dangereuses

CHRÉTIEN DE TROYES
- Yvain ou le Chevalier au lion

CHRISTIE
- Dix Petits Nègres

CLAUDEL
- La Petite Fille de Monsieur Linh
- Le Rapport de Brodeck

COELHO
- L'Alchimiste

CONAN DOYLE
- Le Chien des Baskerville

DAI SIJIE
- Balzac et la Petite Tailleuse chinoise

DE GAULLE
- Mémoires de guerre III. Le Salut. 1944-1946

DE VIGAN
- No et moi

DICKER
- La Vérité sur l'affaire Harry Quebert

DIDEROT
- Supplément au Voyage de Bougainville

DUMAS
• Les Trois
  Mousquetaires

ÉNARD
• Parlez-leur
  de batailles,
  de rois et
  d'éléphants

FERRARI
• Le Sermon sur la
  chute de Rome

FLAUBERT
• Madame Bovary

FRANK
• Journal
  d'Anne Frank

FRED VARGAS
• Pars vite et
  reviens tard

GARY
• La Vie devant soi

GAUDÉ
• La Mort du
  roi Tsongor
• Le Soleil des
  Scorta

GAUTIER
• La Morte
  amoureuse
• Le Capitaine
  Fracasse

GAVALDA
• 35 kilos d'espoir

GIDE
• Les
  Faux-Monnayeurs

GIONO
• Le Grand
  Troupeau
• Le Hussard
  sur le toit

GIRAUDOUX
• La guerre de
  Troie
  n'aura pas lieu

GOLDING
• Sa Majesté des
  Mouches

GRIMBERT
• Un secret

HEMINGWAY
• Le Vieil Homme
  et la Mer

HESSEL
• Indignez-vous !

HOMÈRE
• L'Odyssée

HUGO
• Le Dernier Jour
  d'un condamné
• Les Misérables
• Notre-Dame
  de Paris

HUXLEY
• Le Meilleur
  des mondes

IONESCO
• Rhinocéros
• La Cantatrice
  chauve

JARY
• Ubu roi

JENNI
• L'Art français
  de la guerre

JOFFO
• Un sac de billes

KAFKA
• La Métamorphose

KEROUAC
• Sur la route

KESSEL
• Le Lion

LARSSON
• Millenium 1. Les
  hommes qui
  n'aimaient pas
  les femmes

LE CLÉZIO
• Mondo

LEVI
• Si c'est un
  homme

LEVY
• Et si c'était vrai…

MAALOUF
• Léon l'Africain

MALRAUX
- La Condition humaine

MARIVAUX
- La Double Inconstance
- Le Jeu de l'amour et du hasard

MARTINEZ
- Du domaine des murmures

MAUPASSANT
- Boule de suif
- Le Horla
- Une vie

MAURIAC
- Le Nœud de vipères

MAURIAC
- Le Sagouin

MÉRIMÉE
- Tamango
- Colomba

MERLE
- La mort est mon métier

MOLIÈRE
- Le Misanthrope
- L'Avare
- Le Bourgeois gentilhomme

MONTAIGNE
- Essais

MORPURGO
- Le Roi Arthur

MUSSET
- Lorenzaccio

MUSSO
- Que serais-je sans toi ?

NOTHOMB
- Stupeur et Tremblements

ORWELL
- La Ferme des animaux
- 1984

PAGNOL
- La Gloire de mon père

PANCOL
- Les Yeux jaunes des crocodiles

PASCAL
- Pensées

PENNAC
- Au bonheur des ogres

POE
- La Chute de la maison Usher

PROUST
- Du côté de chez Swann

QUENEAU
- Zazie dans le métro

QUIGNARD
- Tous les matins du monde

RABELAIS
- Gargantua

RACINE
- Andromaque
- Britannicus
- Phèdre

ROUSSEAU
- Confessions

ROSTAND
- Cyrano de Bergerac

ROWLING
- Harry Potter à l'école des sorciers

SAINT-EXUPÉRY
- Le Petit Prince
- Vol de nuit

SARTRE
- Huis clos
- La Nausée
- Les Mouches

SCHLINK
- Le Liseur

SCHMITT
- La Part de l'autre
- Oscar et la
  Dame rose

SEPULVEDA
- Le Vieux qui
  lisait des romans
  d'amour

SHAKESPEARE
- Roméo et Juliette

SIMENON
- Le Chien jaune

STEEMAN
- L'Assassin
  habite au 21

STEINBECK
- Des souris et
  des hommes

STENDHAL
- Le Rouge et
  le Noir

STEVENSON
- L'Île au trésor

SÜSKIND
- Le Parfum

TOLSTOÏ
- Anna Karénine

TOURNIER
- Vendredi ou
  la Vie sauvage

TOUSSAINT
- Fuir

UHLMAN
- L'Ami retrouvé

VERNE
- Le Tour
  du monde
  en 80 jours
- Vingt mille
  lieues sous
  les mers
- Voyage au
  centre de
  la terre

VIAN
- L'Écume des jours

VOLTAIRE
- Candide

WELLS
- La Guerre des
  mondes

YOURCENAR
- Mémoires
  d'Hadrien

ZOLA
- Au bonheur
  des dames
- L'Assommoir
- Germinal

ZWEIG
- Le Joueur
  d'échecs

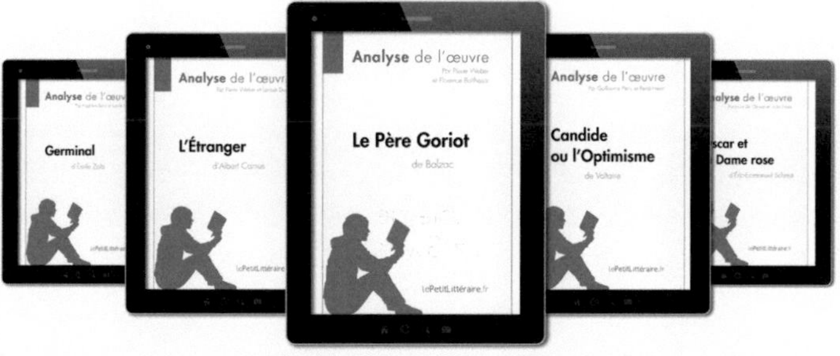